鼠竊狗盜謀殺案

SHERLOCK HOLMES

大偵探
福爾摩斯

—— 鼠竊狗盜謀殺案 ——

衣香鬢影

　　華生脫下大衣和帽子，一邊交給衣帽間的
僕人一邊說：「今天的賓客真多呢。」

　　「是的，先生。」僕人遞上 **存衣牌**，有
禮地應道。

把存衣牌收好後，華生有點生硬地挺起胸膛，往這所**威洛黛爾莊園**的接待廳走去。這個晚上，他應莊園的女主人**艾迪絲・哈利維爾**小姐之邀，罕有地穿上一身晚禮服，到來參加一個極盡奢華的舞會。本來，華生並不喜歡這種盛會，要不是哈利維爾小姐**盛意拳拳**地邀請，他是絕不會出席的。

　　其實，華生認識這位**千金小姐**也是一個偶然。有一次過馬路時，她突然在路過的華生面前昏倒，就這樣，她成為了華生的病人。此後，她有甚麼傷風感冒都特意老遠地跑去找華生看病，還介紹了不少顧客給他。所以，雖然感到渾身不自在，華生也只好**勉為其難**地在這個上流社會的盛會露一露面了。

比起華生的不自在，正騎着自行車赴會的貝利，更是感到**如芒在背**，一步一驚心。但是，他不得不出席這個盛會，否則，他不但交不出這個月的房租，甚至連下一頓飯也沒有着落。

一輛輛馬車在他身旁開過，他看到車上的女士全都打扮得 **珠翠羅綺**，

艷麗非常。男士們也**西裝革履**，個個派頭十足。他知道，這些車輛和他一樣，去的都是同一個地方——剛剛完成維修的威洛黛爾莊園。

他踏着踏着，當從公路轉進了一條私家路時，一幢**張燈結綵**的巨宅忽然出現在眼前的小山坡上。它在黑暗中宛如一個鑲滿了珠寶的皇冠，顯得分外華麗奪目。**忐忑不安**的貝利不禁放慢了速度，有點遲疑起來。

「能混進去嗎……？要是被人**識穿**了……怎辦？」他暗自擔心。

畢竟，他只是個**不速之客**，並不在賓客的名單之中。

雖然，他口袋裏有一張請柬，但那是在一家餐廳吃霸王餐時，從鄰桌的紳士那兒

INVITATION

偷來的。請柬上寫着的是**哈林頓‧貝利**，姓氏雖然相同，但他的名字叫**奧古斯特斯**，只是一個冒牌貨。

他已不只一次充當冒牌貨了。例如，偽裝成紳士，到高級餐廳吃霸王餐；冒充弔唁者，到人家的葬禮上**順手牽羊**等等，都是他的慣技。不過，這次並不一樣，他從未試過在**衣香鬢影**的大型舞會中作案。

自行車緩緩地爬上了斜坡道，一陣陣悠揚的音樂傳來，貝利已清楚地看到了莊園的大閘門。他把自行車停下，卻仍騎在車上觀望，顯得有點兒躊躇。他雖然不是個**膽小鬼**，但也不是個天生的罪犯，所以每次作案時，總會**遲疑不定**。

「怎辦？進去還是不進去？」貝利心中向自

己問道。

咔咔咔咔！

突然，背後傳來了一陣喇叭聲，一輛馬車從
他身後駛來。他被嚇得連忙往旁閃避。

哈哈哈哈哈！

馬車在旁邊擦身而過時，他聽到了車內響起
一陣歡笑聲。

他知道，車內的年輕人只是在開心地嬉笑，但是，在他耳中聽來，卻像在嘲笑自己——看！那傢伙居然騎車來參加舞會呢！也太寒磣了吧！

「哼！狗眼看人低！」貝利心中暗罵，「我還是軍人時，也常參加這種舞會，向我投懷送抱的女人還多着呢！」

心中的憤懣激起了他的鬥志，當看到那輛馬車開進了閘門後，他也匆匆忙忙地騎車開了過去。幸運地，看門人忙着招呼馬車上的人，並沒有理會他。於是，他順利地溜了進去。

把自行車推進一個空着的車庫後，他跟着從

馬車走下來的那幾個年輕人往衣帽間走去。他們**嘻嘻鬧鬧**地脫下大衣和帽子，隨手一扔就把衣帽扔在櫃枱上。貝利見狀，連忙把**手套**塞進口袋裏，然後脫下大衣和帽子，交給了衣帽間的僕人。

那幾個年輕人接過存衣牌後，有說有笑地走進了接待廳。貝利見**機不可失**，趕忙袋好自己的存衣牌，一個箭步跟了上去。

這是他一向的戰術——**渾水摸魚**！人群就像一池渾濁的水，混在其中就會神不知鬼不覺，

再來一招 擇肥而噬 ，肯定會無往而不利。

「波德伯里少校、巴克·瓊斯上尉、斯帕克上尉、戈德史密斯先生、斯馬特先生、哈林頓·貝利先生！」守在接待廳旁的僕人一邊接過請柬，一邊高聲喊出來賓的名字。

當自己的名字響起時，剎那間，貝利已進入今晚要扮演的 角色 之中。他挺起胸膛，混在那幾個人之中走進了大廳。這時，他才赫然發現，站在大廳內的 年輕淑女 們紛紛投以貪婪的目光，像找尋獵物似的 打量着他們。

「好多單身女人在物色自己的~~舞伴~~呢。」
貝利悄悄地向四周的女士們觀察了一下，馬上
得出結論——這是個為單身女人而設的舞會。

「蔡特夫人！格魯皮爾上校！」

當這個通報響起時，就像**一聲號令**似的，令所有人都朝大廳入口看去。趁人們的注意力轉移之際，貝利裝作向熟人打招呼的樣子，一個閃身退到了人群的後面。

「嘿！沒想到這麼順利。」他心中暗喜，「**萬事起頭難**，起了個頭，接著就一定會**滿載而歸**。嘿！我太幸運了！」

為了儘量避開淑女們的視線，他**不動聲色**地走到角落去。不過，他細心觀察了一下周遭的環境後，就知道不用太過擔心了。因為，場內俊男多的是，就算他被一些女士看中了，相信她們很快就會轉移目標，馬上把自己**拋諸腦後**了。

這時，剛才那**怦怦作響**的心跳已逐漸回復正常。不過，為了儘快進入狀態，他知道必須去取一杯酒，除了借酒精來鎮靜情緒外，那還是一個有用的**道具**。騙子和演員差不多，都需要道具來輔助演戲。在這個場合，**一杯酒**是適合不過的了。

想到這裏，他雙眼越過人群的肩膀，去找尋酒杯的蹤影。突然，人群中揚起了一陣輕輕的騷動，他不禁朝着騷動的方向看去——

「**啊……！**」霎時間，他呆住了。

「蔡特夫人，歡迎大駕光臨啊。」一個貌似女主人的年輕淑女，正在與一位衣着華麗的貴婦人握手。

「**蔡**特夫人？她……她不是那個……多年不見的美國女孩嗎？」貝利**赫然一驚**，

他一眼就認出了她。那是一張令人難以忘懷的臉。多年前的回憶有如泉湧般在他的腦海中翻騰……

小偷與貴婦

當年，自己還是軍中**少尉**時，在一次軍隊辦的舞會中認識了她，更自自然然地手拉着手，隨着悠揚的音樂**翩翩起舞**，一

起跳了好多好多支舞，直至**筋疲力盡**為止。

在舞會結束後，我和她都依依不捨地留了下來，還依偎在一起談天說地，**天真無邪**地說了些人生啦、做人的價值啦等等高尚的話題。不，我記得，自己還**繪影繪聲**地說了些女孩子最喜歡聽的鬼故事呢。

可惜的是，自此之後，再沒見過這個漂亮的美國女孩。她，就像人生中與自己**擦身而過**的各色各樣的女子那樣，在記憶中逐漸褪色，最後更消失得**無影無蹤**。

「她叫甚麼名字呢？」貝利努力地喚起記憶，卻無法想起來。本來，她就是自己人生中的一個**過客**，想不起她的名字是理所當然的。不過，她又回來了，還活生生地站在那裏。跟

自己一樣，當年的青春氣息已**蕩然無存**，但是，她依然美艷動人，而且顯得更**雍容華貴**。

看！她胸口上那顆閃閃發亮的寶石啊，多麼美麗！多麼惹人艷羨！

你！看看你自己！也活生生地站在這裏，卻變成一個寒磣的小偷！你！只懂得**順手牽羊**，是個偷到一枚胸針就會**喜不自勝**的小偷！

貝利**自慚形穢**地低下頭來暗想：「不妙！既然我認得她，說不定她也認得我！」

想到這裏，他悄悄地溜到外面的草坪去，點着隨身攜帶的小煙斗，使勁地抽了幾口，思考着萬一被認出來了，要找個甚麼藉口**瞞天過海**，然後儘快**抽身而退**。

這時，一個紳士走近，向他打了聲招呼後，**百無聊賴**地仰望着夜空說：「今晚的月色不錯呢。」

「是的。」貝利望了望天空，又往紳士打量了一下。

「裏面又吵又熱，還是這裏好。」紳士自我

介紹，「我是華生，當醫生的。」

「華生先生，看來你和我一樣，不太適應這種喧鬧的活動呢。」貝利感到對方沒有威脅，就閒話家常似的說，「我是當兵的，叫羅蘭德上尉。」

「啊！我也曾參軍，在阿富汗當過軍醫。」

「是嗎？」貝利為免對話太過深入而**暴露身份**，連忙岔開話題，「你的舞伴呢？不怕她寂寞嗎？」

「我一個人來，沒有帶舞伴。」華生腼腆地笑道，「不過，剛才認識了一位**格蘭比小姐**，和她跳了一支舞。」

「我本來是應一位女士邀請而來的，她自己卻臨時缺席了。」貝利撒了個謊，「現在變成**孤身一人**了。」

「這可不好。」華生自告奮勇，「我叫格蘭比小姐為你找一位舞伴吧，她說在這裏有好多朋友，就連那位美國寡婦**蔡特夫人**她也認識呢。」

「**美國寡婦？**」貝利心中赫然，「原來……原來她的丈夫已死了。」

「怎樣？要我介紹嗎？」

「啊⋯⋯好呀，就跳一兩支吧。」貝利回過神來說，「讓我抽多幾口煙，待會和你一起回去。」

接着，兩人說了幾個無關痛癢的話題後，就回到屋內去了。

「你先喝杯香檳，我把格蘭比小姐找來。」華生說完，就鑽進了人群之中。

喝了兩杯香檳，吃過一塊三明治後，貝利感到心情輕快多了，因為他已好幾天沒正正經經地吃過一頓了。很快，華生找來了那位格蘭比小姐。看來她才十七八歲，但在舉止之間，卻處處顯露出淑女的風範。不一刻，貝利發覺，自己已跟一位風韻猶存的中年婦人在人群中翩翩起舞。

嚓嚓嚓⋯⋯

嚓嚓嚓⋯⋯嚓嚓嚓⋯⋯ 舞步夾雜着衣襬磨擦的聲音不斷在耳邊響起。隨着醉意和不斷迴旋的舞步，他心中浮起了**飄飄欲仙**的感覺。

「太美妙了！這感覺好熟悉，又好遙遠啊！」貝利沉浸在醉意滿溢的回憶當中，「當年，每個週末的晚上，我不都是這樣度過的嗎？那個時候，我不必為還賭債**鋌而走險**；也不必為躲避警察而**惶恐不安**。我是一個**年輕有為**的少尉⋯⋯我的前途無可限量⋯⋯」

甜美的時光在貝利的腦海中與舞步一起不斷轉啊轉⋯⋯

突然，音樂無情地**戛然而止**，一支舞曲完了。他的頭腦霎時清醒過來，在另一支舞曲響起時，他**依依不捨**地把舞伴交給了一位已醉得有點口齒不清的中尉。

是時候了！趁大家喝得**醉醺醺**時，必須動手了！

「為了壯壯膽子，再喝一杯吧！」他說服自己往酒吧走去。正當要拿起一杯香檳時，突然感到有人輕輕地**碰**了一下他的胳膊！

他如**驚弓之鳥**般赫然一驚！

對他來說，這種觸碰並不陌生。**警察**！只有警察，才會這樣出其不意地碰你一下，然後冷冷地一笑，再把你逮住！

他**戰戰兢兢**地回過頭去──

天國與地獄

「怎麼了？難道記不起我來了？」

蔡特夫人有點兒羞澀地盯着他。

「怎會？我怎會記不起你！」貝利為了

掩飾自己的恐慌，連忙提高聲調説，「你……你叫甚麼來着？真抱歉，我已忘了你的名字。不過，樸茨茅斯的那場舞會，就像昨天發生那樣，叫我 **歷歷在目** 啊！我還常常想着，要是能再見到你就好了。沒想到，今晚竟然 **夢想成真**！」

「是嗎？很高興你記得我。」蔡特夫人 **喜形於色**，「好懷念啊！你知道嗎？我常常想起那個晚上，你是我一生中遇過的、最合拍的 **舞伴**。對了，我們還談了很多。我記得……你是個對生活充滿熱情的大好青年，你 **有理想**……有

抱負……偶爾，我會想，那個青年怎麼了？他……在幹甚麼工作呢？沒想到……眨眼之間就過去了那麼多年。」

「是的……」貝利深有所感地說，「真的是**往事如煙**啊！不過，我知道自己已青春不再。但你不同，簡直是**青春常駐**，和當年沒有兩樣啊！」

「**胡謅！**」蔡特夫人嬌嗔地說，「你不像以前那麼純真呢。當年你不會說**奉承的說話**啊！不過，也許……也許當年也沒必要說吧。」雖然她的語調之中流露著**責備**，但臉上卻充滿了欣喜，最後那句說話，甚至洋溢着深深的**思念**之情。

「沒有奉承，絕對沒有。」貝利真情實意地說，「其實，你剛才一進來，我就認出來了。我心想，歲月對我如此冷酷無情，對你卻那麼寬大為懷。太不公平了。」

「怎會呢？你只是多了幾根白頭髮而已。對男人來說，白頭髮又算得上甚麼呢？它們就像衣襟上的獎章和袖口上的花邊，令你看起來更有氣派和更成熟罷了。對了，你現在已升任上校了吧？」

「不。」貝利搖搖頭，「我在數年前已退役了。」

「啊，太可惜了！」蔡特夫人說，「我一定

28

要聽聽你這些年來的**經歷**。但現在不行，我答應了舞伴跟他跳一支舞，待會跳完這支舞後，我們到外面聊聊吧，好嗎？對了，我忘了你的名字。不，我好像一開始就沒記住你的名字。不過，我並沒有忘記你。莎士比亞說過：『**名字又算得上甚麼呢？**』」

「說得對，莎士比亞總是對的。我叫羅蘭德——**羅蘭德上尉**。你想起來了嗎？」

蔡特夫人想了想，但馬上放棄了。她邊打開舞曲表邊說：「一起跳第6個舞曲如何？」未待貝利回答，她已把他的名字填了上去。當然，那只是個**假名**。

「待會見，是第6個舞曲，別忘了啊。」蔡特夫人**回眸一笑**，然後像風一樣似的走開了。

貝利鬆了一口氣，他察覺到，自己已引起了

周遭的注意。這也難怪，一
個陌生的臉孔與富貴的美國
寡婦 談笑甚歡 ，又怎會
不引來好奇。出於本
能，他知道自己必
須馬上遠離眾人的
目光。

低調行事，這是當小偷的鐵則！

　　想到這裏，他悄悄地離開了大廳，又走到
外面的草坪上去。他看到，草坪上 零零星星
地站着一些賓客，看來都是出來透透氣的。當
中，還有那個叫 華生 的醫生。

　　貝利不想再跟那位醫生交談，以免被他記住
自己的臉孔。他急急走進大宅旁的一條小路，
朝不遠處的灌木林走去。不一刻，他穿過一道

攀滿了藤蔓的拱門，再走過一條**彎彎曲曲**的、長滿了矮樹的小徑，走下了一道斜坡。

這時，他看到前方有兩棵大樹，樹之間還有一張**長凳**，於是就走過去坐了下來。他心中盤算着該編一個怎樣的故事去糊弄一下蔡特夫人，以免引起懷疑。不過想着想着，他很快就陷入了**痛苦的沉思**之中。

簡直就是**天國與地獄**，這裏如天國般**美侖美奐**，舞池

中擠滿了美女和俊男，但我那個小得可憐的公寓呢？連空氣都充斥着貧窮和悲慘的氣味。窗外不遠處的巨大煙囪**長年累月**地噴着刺鼻的

黑煙；四周的工廠被**煤灰**熏得黑漆漆；旁邊的河流散發出**中人欲嘔**的臭氣。啊！住在那裏比住在地獄還要糟糕！

對，簡直就是**天國**與**地獄**。可憐的是，我待會就要從這個天國回到那個地獄去，對比實在太強烈了！我能夠忍受嗎？

「哎呀，我怎麼了，我不是要編故事嗎！竟想着這些事情，實在太無聊了。」他歎了口氣，又搖搖頭，接着掏出一根火柴，想點着手上的小煙斗——

突然，不遠處的小徑上傳來了說話的聲音。

「唔？是一男一女，他們正朝這邊走來！」貝利為免引起疑心，慌忙起身離開。可是，小徑的另一頭也傳來了一對男女的笑聲，擋住了他的去路。在進退兩難之際，他閃到長凳旁邊的大樹後面，躲了起來。這時，他才注意到樹後是一道斜坡，他正好站在斜坡的邊緣上。

見獵心喜

不一會，那對男女走近了。女的背着大樹，在長凳上坐了下來。

「我的牙痛得很厲害，想在這裏歇一會。」那個女人說，「這是我的存衣牌，麻煩

你去把我的小包拿來，裏面有一瓶 **止痛藥水** 和一包 **藥棉**。」

「這……這不是 **蔡特夫人** 的聲音嗎？」貝利心想。

「夫人，我不能讓你一個人留在這裏啊。」那個男人說。

「我要那瓶藥水，拜託，快去把它拿來吧。**嗚！好痛啊。**」蔡特夫人有點生氣了。

「好的、好的，我馬上去拿。」男人慌忙答應。接着，一陣急促的腳步聲遠去了。

隨之而來的，是小徑另一頭那對男女，他們的笑聲 *愈來愈近*，最後經過長凳的前面，漸漸走遠了。接着，貝利聽到了幾下 **呻吟**，又聽到蔡特夫人挪動身體時，長凳發出的「嘎吱嘎吱」的聲響。

「太失策了！剛才 **堂堂正正** 地迎面走過去，反而不會引起懷疑。」貝利心中懊惱，「現在走出去的話，肯定會把夫人嚇得 **花容失色**。怎辦才好呢？」

還在猶疑之際，剛才那個男人已跑回來了，他喘着氣説：「夫人，你的東西拿來了。」

「 **波德伯里少校**，太好了！」蔡特夫人高

興地說，「麻煩你幫我打開小包，我自己會處理這顆可惡的牙齒。」

「可是，留下你一個人在這裏──」

「不用擔心。」夫人打斷

少校的說話，「沒人會來這裏，下一支舞是華爾滋，你快去找個舞伴吧。」

「這⋯⋯好吧。」少校的聲音仍有點猶豫。

「**快去吧！**」夫人不耐煩了，「謝謝你的體貼，但我不想別人看到我處理牙齒時呼呼叫痛的樣子啊。」

　　少校看來萬般不願意，但也只好踏着猶豫的步伐走開了。

　　隨後，貝利聽到夫人擰開了瓶蓋。於是，他悄悄地從樹幹後伸出頭去窺看，只見夫人從一大塊藥棉上扯下了一小塊，並蘸了些藥水，又微微地仰起頭來，把藥棉塞進口中。

　　「嗚……」他聽到了夫人發出輕輕的呻吟。

　　就在這時，夫人前臂上的手鐲在月光的映照下閃了一下。

　　貝利不禁吞了一口口水，心中暗想：「那手鐲……最少也值50鎊吧？」

　　「嗚……」夫人又呻吟了一下。

　　貝利往四周看了看，一點動靜也沒有。於

是，他壯着膽子把頭伸前，從夫人的肩頭看過去。

「**啊……！**」他看到，那顆吊在項鏈上的**寶石**，正在夫人的胸口上微微地起伏着。

「那……那顆寶石……值……值……」突然，他聽到自己的心臟**呼呼作響**，又感到額上滲出了幾滴冷汗。他慌忙退到樹後，並閉住呼吸，強行讓自己鎮靜下來。可是，心臟並不聽使喚，仍在**怦怦亂跳**。

「走吧！我不能向她動手，馬上走吧！」他心中對自己喊道。

可是，兩條腿並不聽使喚，他仍**一動不動**

地站在樹後。

　　就在這時，一陣風輕輕吹過，傳來了一股藥水的氣味。不知怎的，這股氣味令**躊躇不前**的貝利霎時冷靜下來。他從樹後再探頭看去，看到夫人已靠在長凳上**閉目養神**。不過，這次他還看到，放在夫人身旁的那瓶止痛藥水和藥棉。

　　「動手吧！

這是**千載難逢**的好機會！」一個聲音在耳邊催促。

貝利**不動聲色**地伸出手臂，輕輕地抓起藥瓶和藥棉。隨即，他又迅速退到樹後。等了一會，他才緩緩地打開藥瓶，把藥水倒到藥棉上。緊接着，他一個閃身竄到夫人身後，一手就把藥棉**捂住**了她的口和鼻。

落荒而逃

「嗚」的一下悶聲響起，夫人的頭往後一仰，剛好頂在貝利的胸口上。她「啪噠啪噠」地奮力掙扎了十多下，但一切只是徒勞。不一會，她已完全癱了下來，昏過去了。但貝利仍緊緊地摀着她的口和鼻，一點也沒放鬆。

突然，藥瓶「叮噹」一聲掉到地上，劃破了夜空下的寂靜。

叮噹

「啊！」貝利赫然一驚，慌忙鬆開了手。夫人的頭部隨即軟塌塌地垂了下來。他走到夫人的前面，用手搖了一下她的肩膀，但她只

是晃了晃，並沒有反應。

「**她不會……？**」

一個不祥的念頭掠

過貝利的腦際，他

大驚之下，馬上

用食指量了一

下夫人的**鼻**

息。可是，冰涼的食指一點感覺也沒有。

「*啊……啊……啊……*」貝利心中發出

了絕望的叫聲，「**她……她**██**！我……我**

用力過度，把她……把她█**捂死了**█**！**」

　　就在這時，不遠處傳來了幾下笑聲，剎那

間，令接近崩潰邊緣的貝利霎時**驚醒**過來。他

慌忙把夫人抬到樹後，然後順着斜坡把她滑到

下面去。他死死地盯着夫人那苗條的身體緩緩

下滑，直至完全沒入黑暗的灌木叢中為止。

「我……我怎會這樣……我竟錯手……將一直把我放在心上的女人殺了……」貝利不禁掩面嗚咽，深深的懊悔與罪咎感，已令他把名貴的手鐲和寶石抛諸腦後，忘得一乾二淨了。

大宅傳來了輕快的華爾滋樂曲，貝利慌忙整理了一下凌亂的衣服和頭髮，沿着小徑急步返回草坪上。他避開三三兩兩的賓客，慌慌張張地去到衣帽間，掏出存衣牌放到櫃枱上。

「先生，還早呢。你要走了嗎？」僕人好奇地問。

「我趕時間，請把我的大衣拿來吧。」貝利有點粗暴地催促。

「好的。」僕人聽到他這樣說，趕忙把大衣和帽子拿了過來。

「**謝謝！**」貝利戴上帽子，一把搶過**大衣**，還沒穿上就*踉踉蹌蹌*地走了。

他急步走進車庫，把大衣夾在腋下，迅速跨上自行車猛地一蹬，就往斜坡衝下去。幸好閘門仍開着，他「呼」的一

聲穿過門口，直往公路**飛馳而去**。他拼命地踏呀踏，就像追兵已殺到似的，就算轉下彎道也沒有減速，只是一股勁兒地踩着腳踏猛蹬。

風聲在耳邊**呼嘯而過**，但他耳朵的神經都集中在後面，**全神貫注**地聽着有沒有追來的馬蹄聲。其實，他前一天已來過視察，已走熟了附近的道路。萬一出了甚麼意外，他也可以抄小路逃走。不過，全速走了一段路後，後面並沒有傳來可疑的馬車聲。

大約再走了3哩左右，他來到了一個**陡坡**下面。騎車太費力了，他不得不下來推車上坡。當把車推到坡上後，他已**氣喘如牛**了。他回頭看了看斜坡下面，靜悄悄的，沒有車也沒有人。這時一陣冷風吹來，讓渾身濕透的他不禁打了個**寒顫**。他連忙穿上大衣，一來是為免着涼，二來是為免引起疑心。

他再騎上車後，從大衣的口袋中掏出**手套**準備戴上。可是，他馬上發現那是一雙**陌生的手套**。

「這……這雙手套不是我的！」恐懼如**閃電**般擊向腦門，他馬上再掏了掏另一個口袋，發覺**鑰匙**不見了，卻掏出了一個琥珀製的雪茄煙嘴！

「**糟糕**！我拿錯了別人的大衣！」
他嚇得**呆若木雞**，久久不能動彈。

「那……那不就是説，自己的**大衣**還留在那個衣帽間嗎？」他想到這裏，本來已停了的汗水突然如泉湧般，一下子全湧了出來。

「**別急**！要冷靜！」他向自己説，「那……那只是一條很**普通的鑰匙**，就算警察發現了，也不會找上門來。不過，還有甚麼？**大衣的口袋**裏還有甚麼呢？」

他用手擦了擦臉上的汗水，努力地思索

了一會，最後得出結論——**口袋**裏並沒有**足以暴露自己身份的東西！**

　　想到這裏，他終於鬆了口氣，只要能回到那個地獄般的家中，就一切回復正常了。不過，蔡特夫人滑下斜坡的情景仍 **歷歷在目** ，他知道，自己將永遠無法忘記那具屍體沒入灌木叢中的可怕景象。

大難不死

「**華生醫生！華生醫生！**」莊園女主人哈利維爾小姐神色緊張地走了過來，「**不得了！蔡特夫人昏倒了！**」

「甚麼？」正在酒吧獨酌的華生嚇了一跳。

來！波德伯里少校和斯馬特先生正看顧着她。」華生被哈利維爾小姐拉着奔出了屋外，一股勁兒走到了斜坡下面。他遠遠就看到，一個女人平躺在灌木叢的前面，一個男人站着，另一個男人則蹲在她身旁，都顯得有點手足無措。

「讓我看看！」華生跑過去，探了一下蔡特夫人的脈搏。夫人好像感到華生的觸摸似的，微微地動了一下，又迷迷糊糊地說了些甚麼。

「她本來在斜坡上面的長凳上歇着的，我去看她時，只看到地上的藥水瓶和一團藥棉，

她卻不見了，就到處找了一下，卻沒找着。我猜她會不會失足從斜坡上滾了下來，便趕忙走下來看看，沒想到真的在灌木叢中找到了她！」蹲着的男人一口氣地說出了經過。

「藥水瓶和藥棉？甚麼意思？」華生問。

「蔡特夫人牙痛，她用自己帶來的藥水止痛。」

華生赫然一驚，連忙檢視了一下夫人的臉，果然不出所料，她的嘴巴和鼻子附近有被人捂過的痕跡。

「華生醫生，她有**生命危險**嗎？」哈利維爾小姐緊張地問。

華生用手指翻開蔡特夫人的**眼瞼**看了看，又輕輕地拍了她的面頰幾下。

「*嗯……不……不要……*」夫人像喝醉了似的低聲呢喃。

「她應該沒有大礙。」華生說。

「謝謝你，我是波德伯里少校。」蹲着的男人看了看站着的同伴說，「這位是斯馬特先生，都是蔡特夫人的朋友。」

華生報上姓名後，**神色凝重**地說：「事情看來並不簡單。」

「甚麼意思？」少校兩人**不約而同**地問。

「現在還說不準，你們先把她抬回屋子裏，用冷水毛巾為她敷一下臉，但不要驚動其他賓

客，我馬上就來。」

「華生醫生，你要去哪裏？」哈利維爾小姐有點詫異地問。

「上去找一找那個藥水瓶和藥棉。」

「我沒有動那兩個東西，就在斜坡上的長凳下面。」少校指着坡上的兩株大樹說。

「知道了。」華生點點頭，馬上往坡上走去。他**毫不費力**就找到那張長凳。果然，藥水瓶和藥棉就在長凳的下面。

華生掏出手帕，撿起那個容量約一盎司的瓶子湊到眼前，看到上面的標籤上寫着「chloroform」*。他又撿起藥棉嗅了一下，

* 三氯甲烷，又稱哥羅芳，是一種麻醉劑。

藥水未完全揮發掉，仍留有麻醉劑的氣味。

　　一切已很清楚了，夫人坐在長凳上為蛀牙止痛時，有人突然從後施襲，用醮滿了麻醉劑的藥棉捂住了她的口鼻，待她昏迷後，再把她推下斜坡。

　　「可是，襲擊者有何目的？是搶劫？還是意圖謀殺？」華生想到這裏，不禁打了一個寒顫。

　　返回大宅後，華生問哈利維爾小姐取了些鼻鹽，讓蔡特夫人嗅了嗅。很快，夫人恢復了知覺，斷斷續續地說出了事發的經過。

　　「你有沒有看到那傢伙是誰？」聽完夫人的憶述後，波德伯里少校問。

「沒有，他用前胸壓住我的後腦，我無法仰後看。」夫人說完又想了想，「不過……我感覺到我的頭頂在他襯衫的前襟上。」

「這麼看來，他是賓客之一，應該還在屋子裏。」華生說，「不過，要是他想逃的話，一定會去 衣帽間 取回大衣。」

「有道理！我們馬上去衣帽間看看！」少校拋下這句說話，急不可待地拉着斯馬特先生奔出了房間。

華生再診視了一下夫人，看到她已沒大礙，就說：「哈利維爾小姐，你陪着夫人，我也去看看。」

華生急步去到衣帽間，卻看到少校兩人正**匆匆忙忙**地穿上大衣。

「那傢伙已逃了！」少校憤怒地說，「麻煩你留下來照顧夫人，**我們現在開車去追！**」

「可是，你知道對方是誰嗎？」華生問。

「僕人說只有一個男人匆匆走了，而且是**騎自行車**走的，能追上的話就一定不會認錯人！」少校正想把右手伸進衣袖時，卻皺起眉頭說，「**唔？這不是我的大衣呀！**」

少校把穿了一半的大衣脫下來扔回去，生氣地說：「你拿錯大衣了！」

「**是嗎？**」僕人拿起大衣看了看，又慌忙到衣架前翻了翻，然後**驚恐萬分**地回過頭來說，「先生，對不起！剛才那個人把你的大衣拿走了！」

「**你說甚麼？**」少校氣得漲紅了臉，「你怎可以把我的大衣給了別人！太過分了！」

「**少安毋躁**，現在罵他也沒用。」華生連

忙插嘴道，「那人拿錯了你的大衣，證明這件是他的，或許可以用它來查明他的身份。」

「那麼，這件大衣你們保管着！我們看看能否追到他！」少校丟下這句說話，就與斯馬特先生奔出去了。

華生着僕人包好那件大衣後，回到了蔡特夫人的身邊，並問道：「夫人，你檢查過財物了嗎？有沒有甚麼失去了？」

「檢查過了，身上的首飾一件也沒少去。」夫人已完全清醒過來，她面露慍色地答道，

「太可惡了！居然從後暗算一個弱質女子，簡直不是男人！真想讓他搶去兩三件首飾，這樣的話，除了控告意圖謀殺之外，還可加控他搶劫罪！要是波德伯里少校他們抓到他的話，最好不要留手，狠狠地給我揍他一頓！」

可惜的是，半個小時後，波德伯里少校兩人垂頭喪氣地空手而回，並沒有抓到那個男人。少校得悉夫人沒有

財物損失後，神色凝重地建議：「蔡特夫人，報警吧！**那人既然不為財**，**很可能就是要命**。他今次不成功，難保不會再伺機加害於你。為保安全，必須報警，讓警察去把他找出來，**以除後患**。」

「一點線索也沒有，找警察**有用嗎**？」蔡特夫人擔心地問。

「這是**惟一的線索**，或許有用。」華生把包好的**大衣**遞上。

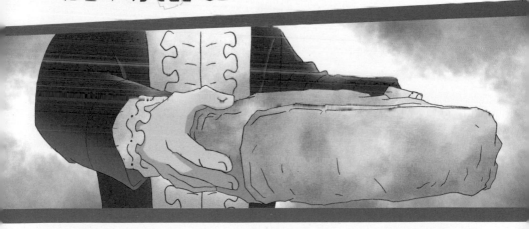

大偵探出手

第二天一早起來，華生把昨夜遇到的事一五一十地告訴了福爾摩斯。

「嘿嘿嘿，找警察嗎？要是找着的是**蘇格蘭場**子**寶幹探**，就真可能一點用處也沒有呢。」福爾摩斯喝了一口茶，**幸災樂禍**地笑道。

就在這時，門外響起了有人上樓梯的聲音。

「唔？**一講曹操，曹操就到**。可是，這次

怎麼和一個女士一起來呢？」福爾摩斯有點疑惑地說。

華生連忙走去開門，令他感到意外的是，站在門外的那位**女士**不是別人，竟然

就是昨夜認識的**蔡特夫人**。

「華生，你和這位夫人是**老相識**吧？」李大猩笑嘻嘻地說，「那麼，我就不用介紹啦。」

「**對、對、對！**不用介紹啦。」狐格森也笑嘻嘻地附和。

「可是，蔡特夫人……？」華生有點驚訝地問，「你和兩位探員到訪，不是為了昨夜的事吧？」

「當然是為了**昨夜的事**！」蔡特夫人**怒氣沖沖**地說，「這兩位探員說只得一件大衣，

絕無可能找到那個歹徒，我只好來找你了！」

「是這樣的啦。」李大猩吃吃笑地補充道，

「夫人在落口供時提起你的大名，我就說啊，華生醫生的同屋是倫敦**首屈一指**的私家偵探，只要出得起錢，他甚麼也願幫忙。所以，就帶她**登門造訪**啦。」

說完，李大猩**不懷好意**地往我們的大偵探瞄了一眼，好像在說：「呵呵呵，反正案子與華生有關，這麼麻煩的貴婦人，就交給你來處理吧。」

「這個……」華生有點遲疑地望向福爾摩斯。

「**蔡特夫人，請坐吧**。」福爾摩斯悠然地呷了一口茶，「李探員說得

對，我是收錢辦事的。**100鎊**吧，意圖謀殺是重罪，這是調查重罪的最低消費。」

「100鎊就100鎊！」蔡特夫人一屁股坐下，毫不猶豫地說，「只要能逮着那傢伙，把他抓進大牢，**200鎊**我也願付！」

「甚麼？200鎊也願付？」福爾摩斯瞪大了眼睛，「那麼——」

「100鎊就夠了！」華生慌忙說，他知道如果不及時制止，老搭檔就會馬上找個藉口提價了。

「這就是惟一的線

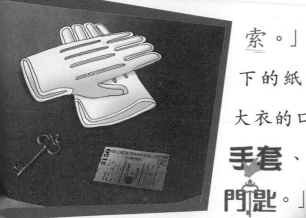

索。」狐格森趨前，把腋下的紙包打開，「我們在大衣的口袋裏內找到了一雙**手套**、一張**車票**和一把**鑰匙**。」

說着，狐格森把那些東西一一放在桌上。

「唔……只有這些嗎？」福爾摩斯**眉頭一皺**。

「對，就只有這些啊。」李大猩**幸災樂禍**地笑道，「**受人錢財替人消災**，你就用這些東西變個**魔法**，把那個消失了的男人變回來吧。」

「對，那男人**金蟬脫殼**，只留下這個『**殼**』，能否找到他就看你的本事啦。」狐格森**恬不知恥**地說，完全忘記了自己身為警察的責任。

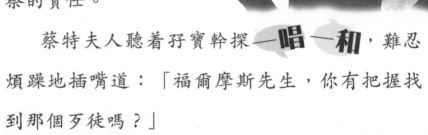

蔡特夫人聽着孖寶幹探**一唱一和**，難忍煩躁地插嘴道：「福爾摩斯先生，你有把握找到那個歹徒嗎？」

福爾摩斯想也不想就答道：「給我 **一個小時** 吧，待我檢視過這些物件後，就能給你一個 **肯定的答覆**。」

「甚麼？看看大衣和這幾件小東西，也要花一個小時嗎？」李大猩 **別有用心** 地質疑。看來，他是想 **挑撥離間**，削弱夫人對福爾摩斯的信任。

「沒關係，我一個小時後回來。」蔡特夫人並不吃這一套，爽快地答允了。

李大猩 **自討沒趣**，只好說：「一個小時呀，別耽誤大家的時間啊！」

大衣上的灰塵

待三人離去後，福爾摩斯向華生說：「這是你找來的麻煩，由你開始吧。怎樣？你有何意見？」

「我嗎？」華生看看桌上的東西，**不加思索**就說，「這張看來是**有軌電車的車票**，先檢視一下它吧。」

「不，車票雖然可以提供**準確的信息**，

但也容易影響我們之後的判斷。不如先仔細地

檢視一下這件**大衣**吧。」

「但這件大衣好普通呀。走到街上看看就知

道，十個男人當中有六七個都是穿着類似的大

衣啊。」

「嘿嘿嘿，大衣雖然很普通，但從大衣上

的**灰塵**，或許能找出穿衣者<u>經常出入**的**地</u>

<u>方</u>，這可大大縮小我們調查的範圍呀。」

「真的嗎?」華生半信半疑。

「我早前調查一宗案子時,找工匠製作了一個**吸塵器**,現在可大派用場了。」説着,福爾摩斯取來一個形狀古怪的東西。它有點像一枝手槍,但槍管的前端有個**吸盤**,後端則拖着一根**管子**,管子後還繫着一個**氣袋**。

「這東西真的能吸塵?」華生感到疑惑。

72

「嘿嘿嘿，當然可以。它可以吸出黏在衣服上的灰塵，非常有用。」福爾摩斯**自賣自誇**，指着末端的氣袋說，「這裏還可裝上鏡片，讓灰塵沾在鏡片上。這樣就可直接把鏡片放到**顯微鏡**下檢視了。」

說完，福爾摩斯用力按下扳機，先把氣袋的空氣全部**擠出**，接着把吸盤按在大衣的**領子**上，然後隨即把扳機鬆開，氣袋馬上脹起來，吸滿了空氣。就這樣，衣領上的灰塵也被吸進氣袋裏了。

之後，他把氣袋拆下，換上另一個新的，然後把吸盤對準大衣的**右肩**附近，再重複上一次的動作。就是這樣，**來來回回**地重複了好幾

次，把大衣**所有部位的灰塵**都吸下來了。

　接着，他從氣袋中取出鏡片，逐一拿到顯微

鏡下檢視。

　　花了接近一個小時，他撤除衣服中常見的棉和毛等 微細纖維 後，在灰塵中還發現了以下這些東西：

① 大米粉
　　最多，均勻分佈於大衣內外。

② 小麥粉
　　其次，均勻分佈於大衣內外。

③ 穀殼
　　少量，分佈於大衣內外。

④ 石粉
　　少量，均勻分佈於大衣內外。

⑤ 薑黃根粉
　　少量，均勻分佈於大衣內外。

⑥ 黑椒粉
　　少量，均勻分佈於大衣內外。

⑦ 甘椒粉
　　少量，均勻分佈於大衣內外。

⑧ 可可粉
　　少量，右肩和右邊袖子上。

⑨ 蛇麻子
　　少量，右肩和右邊袖子上。

⑩ 石墨粉
　　6粒，集中於大衣背部。

「沒想到從一件衣服中可找到這麼多不同種類的灰塵。」華生驚歎。

「不同種類的灰塵**無處不在**，只是肉眼難以分辨而已。」福爾摩斯話鋒一轉，問道，「你能從中看出甚麼 信息 嗎？」

「這個嘛……」華生想了想就分析道，「大米粉和小麥粉數量最多，明顯是來自 米廠 和 麵粉廠，看來這件大衣常常暴露在充滿大米粉和小麥粉的空氣中。其他諸如黑椒粉之類的香辛料佔的數量很少，可能是那歹徒經過 香辛料廠 沾上的。至於背上的石墨粉，肯定是從 椅背 上黏下來的。」

「哈！有進步，今次分析得很好呢！」福爾摩斯讚道，「那麼，為何**可可粉**和**蛇麻子**只沾在**右肩**和**右邊的手袖上**呢？」

「這個嘛……」華生歪着頭說，「實在想不通。」

「原因很簡單呀。」福爾摩斯一語道破，「所謂**日出而作**，**日入而息**，那個歹徒離家時會經過工廠，這時工廠在他**右邊**，故會沾上工廠噴出的粉末。當黃昏回家時，工廠已下班，他的**左邊**自然就乾淨多了。」

「原來如此。」華生恍然大悟。

「現在，就借助這些灰塵，來找出那歹徒**出沒**的**地區**吧。」福爾摩斯説着，從書櫃上取出一本郵局發行的**地址簿**，並打開它的工商頁細看。

「倫敦有4家米廠，最大一家是在塢首區的**卡巴特米廠**。至於香辛料廠嘛……」福爾摩斯邊翻邊找，「倫敦原來共有6家。其中一家也在**塢首區**，叫**托馬士·威廉斯公司**。其他5家的附近並沒有米廠。接着，要查查麵粉廠……唔？」

「怎麼了？」華生看到老搭檔神情有異，慌忙問道。

「**只此一家！**」福爾摩斯眼底閃過一下寒光，「也在**塢首區**，叫**泰勒麵粉廠**！」

「啊……！」華生興奮地道，「就是説，塢首區附近有 **米廠**、**香辛料廠** 和 **麵粉廠**，完全與這件大衣上的灰塵吻合！」

「這顯示，這件大衣上的灰塵是來自 **塢首區**，倫敦除了此區齊集這三類不同的工廠外，已找不出其他。此外，塢首區的 **有軌電車** 會經過魯爾路，我記得那附近有一家 **石墨廠**，刮風的話，可能會把石墨吹到電車的 **椅背** 上。」福爾摩斯説，「還有，在戈特街有一家 **可可廠**，它位於西行電

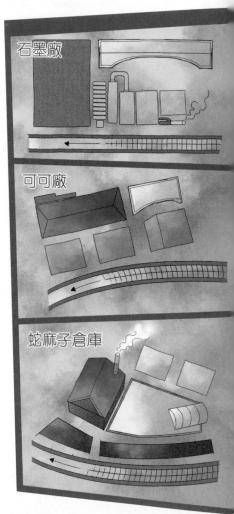

石墨廠

可可廠

蛇麻子倉庫

車的**右邊**。而且，西行電車會行經南瓦爾特街，它的右邊還有幾家存放**蛇麻子的倉庫**呢。」

「這麼說來，那個歹徒常常乘搭這條路線的西行電車，當他把**右臂**

擱在車窗邊上時，就把**可可粉**和**蛇麻子**沾上了。此外，他靠在**椅背**上時，也會把上面的**石墨**黏下來。」

「好了，我們看看手套吧。」福爾摩斯用放大鏡仔細

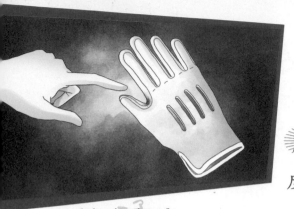

地檢視了一下那雙手套，並說，「從**虎口**附近的磨損程度看來，可知那人常常**騎自行車**，與衣帽間僕人的證詞吻合。」

「**車票呢？**是時候看看了吧？」華生急切地說。

「既然已掌握了這麼多信息，就不必怕**先入為主**了。」我們的大偵探用鑷子夾起車票看了看，翹起嘴角笑道，「哈，**孔眼**打在**圖利街至塢首區**上，證明大衣灰塵提供的信息完全正確呢！」

「啊……」華生這才**恍然大悟**，明白剛才為何福爾摩斯阻止他先看車票了。因為，如果先看車票，**塢首區**隨即會成為主要目標，

大衣上的灰塵

當檢視大衣上的灰塵時，必會**先入為主**地把灰塵與塢首區聯繫起來，這麼一來，整個推理過程就很容易產生**偏見**了。反之，先行檢視大衣上的灰塵，證實灰塵來自塢首區後再檢視車票，**票上的信息**就會成為非常客觀的**佐證**了。

「好，輪到這個了。」福爾摩斯撿起桌上的**鑰匙**說，「手工很粗糙，看來它的門鎖也是廉價貨。」

「估計是**廉租公寓**房門的鑰匙。」

「沒錯。」

福爾摩斯想了想，「塢首區的南部有一個名為漢奧弗的小區，區內住了很多工人。它的旁邊是泰勒麵粉廠，而 卡巴特米廠 就在其對面。如果那個歹徒住在那裏又常常打開窗的話，掛在室內的大衣就很容易沾滿大米和小麥的粉塵了。」

「有道理！」華生有點激動地說，「只要這條鑰匙能打開其中一間公寓的房間，就能抓到襲擊蔡特夫人的歹徒了！」

就在這時，門外響起了三個人上樓梯的聲音。

「時間剛剛好，他們回來了。」華生連忙走去開門。

小偷的鑰匙

　　蔡特夫人率先走了進來，她心急地問道：
「福爾摩斯先生，怎樣了？有甚麼進展嗎？」

　　李大猩和狐格森站在夫人身後，臉上露出**不懷好意**的笑容，看來正期待福爾摩斯出洋相。

「先從大衣說起吧。」福爾摩斯**不慌不忙**地說明了檢視的結果，然後舉起手上的**鑰匙**說，「我已查出疑犯住在塢首區的**漢奧弗小區**，只要兩位探員去那裏搜查，或許能找到疑犯的藏身之處。」

「**開玩笑！**」李大猩搶道，「那個小區的公寓有幾百個房間，難道用鑰匙**挨門逐戶**去試試能否開門嗎？」

「嘿嘿嘿，幾百只是個小數目，就算**挨門逐戶**去試也只需花兩三天就能完成吧。」這次，輪到福爾摩斯**不懷好意**地笑了。

「這——」

「**去吧！**」蔡特夫人態度決然地打斷李大猩，「我也一起去！直至找到那個可惡的傢伙為止！」

「**有勞啦。**」福爾摩斯**笑盈盈**地把鑰匙拋給李大猩。

「福爾摩斯先生，你不去嗎？」蔡特夫人

問。

「我也要去嗎？」

「當然！華生醫生也得一起去，你們查案總得**有始有終**呀！」蔡特夫人以不容拒絕的口吻說。

「這……」福爾摩斯一臉為難地看了看華生。

「**去！去！去！**這叫**自作自受**啊。」李大猩幸災樂禍地叫嚷。

「對，**送佛送到西**！一起去！」狐格森也高聲附和。

華生想到要去試幾百個房間的門，額上不禁滲出了幾滴冷汗。

　　馬車載着一行五人來到 **塢首區** 附近後，為免太過張揚，福爾摩斯與孖寶幹探率先下車步行，留下華生與蔡特夫人在車上慢慢地跟在後面。

　　步行了幾分鐘，福爾摩斯在 **泰勒** **麵粉廠**

的對面停了下來。他舉頭望向圍牆裏面的建築物，向李大猩兩人說：「你們看，那幾座廠房後面凸出來的地方，不都鋪滿了**白粉**嗎？」

然後，他又橫過馬路，指着香辛料廠**托馬士·威廉斯公司**的屋頂，說：「看，天窗的木造百葉板上，覆蓋着一層**灰灰黃黃的**粉末呢。」

「那邊就是**卡巴特米廠**，窗框邊也覆蓋着一層**灰白色的粉末**。」狐格森指着前方的廠房說。

「哎呀，那些灰塵只證明你對那件大衣的分析正確，對我們要挨門逐戶去找一點幫助也沒有啊。」李大猩抱怨說。

「嘿嘿嘿，別忘了，除了灰塵之外，還有疑犯的自行車呀。」福爾摩斯狡黠地一笑。

「呀！」狐格森猛然醒悟，「對！只要在公寓樓下找到自行車，就可縮小搜查的範圍了！」

「有道理！我們分頭去找！」李大猩精神為之一振，已一馬當先往公寓奔去。

狐格森見狀，也慌忙跟上。

不一刻，兩人又跑了回來，狐格森氣喘吁吁地說：「找到了！十多幢公寓中，只有一

幢的樓下鎖着一輛自行車！」

「只得一輛？」福爾摩斯想了想，「這是低薪工人聚居之處，看來買得起自行車的，就只有疑犯呢。」

「我們馬上去搜！」李大猩急切地說，「一幢公寓只有幾十戶，那傢伙已是我們的囊中物了！」

「好！」福爾摩斯點點頭，並向停在後方十多碼外的馬車揮了揮手，示意已找到目標了。

三人來到那幢樓的樓下，剛好有個矮矮胖胖的工人走了下來，福爾摩斯塞了一個金幣給他，

就問出了目標人物叫**奧古斯特斯·貝利**，
住在2樓203號房。因為，在這裏只有他一個人
騎自行車。

　　三人急忙上了樓，沿着長長的走廊躡手躡
腳地走到203號房門前。

　　李大猩掏出鑰匙，看了看福爾摩斯咧嘴一
笑，然後把它插進匙孔中輕輕地一撳，「咔
嚓」一聲微響傳來。

寒碜的家

「**哈，成功了。**」李大猩壓低嗓子興奮地把鑰匙拔出。

「看來那傢伙不在家呢。」福爾摩斯説。

「你怎知道？」狐格森問。

「這種廉價鎖只能在門外上鎖，除非被人**反鎖**了，否則家裏不可能有人。」

「**嘿！**那麼，我們就進去等他回來吧。」説着，李大猩握着手把一擰，輕輕地把門推開。當他正想進去時，走廊另一端卻傳來了一陣急匆匆的腳步聲。原來，蔡特夫人已**按捺不住**，與華生一起衝上來了。

「怎樣？找到了他？」夫人眼中燃燒着**憎恨的火焰**。

「夫人，你上來幹嗎？」李大猩説，「可不要**輕舉妄動**啊。」

「哼，我當然不會。在美國，淑女是不會親自出手報復的。倘若你們有美國男士的氣概，一定會替我狠狠地把那個惡棍**教訓一頓**！」

「夫人，我們不是美國男士！」李大猩硬梆

梆地説，「我們是守法的**英國紳士**，絕不會隨便動粗的！」

華生聽到這話出自李大猩之口，心裏不禁**竊**笑。

「夫人，他看來不在屋裏，你要進去等他嗎？」福爾摩斯問。

「**當然！**」

「你們先在門外等着，切勿**輕舉妄動**。」李大猩再次提醒後，就推門走了進去。

不一刻，他在屋內高聲喊道：「沒有人，可以進來了！」

　　華生跟着福爾摩斯等人踏進屋內，看到客廳只有一把**破椅子**和一張**小圓桌**，木地板已

被磨得傷痕處處，牆壁的油漆則**龜裂剝落**，窗戶連窗簾也沒掛，通過它還可看到遠處噴着黑煙的煙囪。

「**唔？**」華生走到桌旁，發現一個碟子上有片薄薄的芝士皮。

「此人看來已餓得發慌，連皮上的芝士也舔得**乾乾淨淨**呢。」華生心想。這時，他看到蔡特夫人走到半開着的櫥櫃前面，逐一拿起擱在裏面的**三個容器**看了看，然後又把它們放了回去。

「有甚麼發現嗎？」華生走過去問。

「沒有。」夫人有點**於心不忍**地答道，「麵包盒空空如也；罐子裏只有些茶葉碎；果醬瓶也被刮乾刮淨了。」

「這傢伙窮得叫人**不忍卒睹**呢。」狐格森說。

「不，這裏掛着一套不錯的西裝啊。」李大猩站在臥室門口說。

華生跟着福爾摩斯和夫人走過去看，只見臥室裏有一張簡陋的**木板床**。床上沒有床單，只鋪着一塊草蓆和放着一塊舊毛氈。床邊有個木箱，看來是當作床頭櫃。奇怪的是，箱上放了個**精緻的煙斗**，與周遭的環境顯得**格格不入**。

狐格森拿起煙斗看了看：「這傢伙一定是個煙精，寧願捱餓也不把煙斗拿去賣呢。」

「跟那輛自行車和那套西裝一樣，都是他**做買賣的行頭**，賣掉就沒戲唱了。」福爾摩斯說。

蔡特太太可能被眼前的慘況嚇倒了，她突然轉過頭來向李大猩說：「**不是這個人！**你們一定搞錯了，一個這麼窮的人怎可能混得進威洛黛爾莊園？」

福爾摩斯沒理會夫人的說話，只是自顧自地走到牆邊去。他翻開掛在那裏的**西裝**仔細地檢視了一下，然後指着它的衣袖說：「你們看，這裏有根**金髮絲**，真有點**耐人尋味**呢。」

眾人慌忙走過去看，果然，袖子的紐釦上纏着一根長長的髮絲。從它的長度看來，那顯然是**女人的頭髮**，顏色就和蔡特夫人的髮絲**一模一樣**。

福爾摩斯**小心翼翼**地把髮絲取下，遞到夫人的面前。

「**啊⋯⋯**」夫人看着髮絲，不禁呆住了。

「怎樣？你還認為不是這個人嗎？」李大猩語帶譏諷地問。

「**哼！我們**~~看他回來~~**！**」夫人眼底的火焰又再燃燒起來，「他既然能在這種環境生活，監獄也算不了甚麼，必須把他送去**坐牢**！」

「嘿嘿嘿，我看監獄比這裏更舒適呢。」李大猩冷笑。

「噓！」突然，福爾摩斯輕叫一聲。

眾人**赫然一驚**，紛紛豎起耳朵細聽。

鑰匙**擰動門鎖的聲音**從客廳傳來，接著，他們聽到有人走進屋內。

「太累了，居然連上鎖也忘記了。」那人關上門後，**自言自語**地說。

接著，眾人聽到他拖着疲累的腳步經過臥室門口，去到廚房那邊倒了杯水。然後，他又回到客廳去，還聽到他**拉開椅子的聲響**。看來，他已坐了下來。

「出去抓他！」李大猩向眾人打了個眼色，並**輕手輕腳**地推開了臥室的門。

　　福爾摩斯、華生和狐格森三人緊隨其後，也踏出了房門。他們看到那男人坐在桌旁，桌上還有一片剛買回來的麵包和一杯清水。

「**咳咳咳！**」李大猩像要捉弄對方似的，故意用力咳了幾聲。

多愁善感的傻瓜

「哇！」那男人被嚇得「砰」的一聲撞開椅子，整個人彈了起來。

他驚愕地看着眾人，完全呆住了。

這時，蔡特夫人從後推開華生，**怒氣沖沖**地走進了客廳。

然而，她的腳步卻突然**止住**了。

那男人看到她時，臉色在一

剎那間**變白**，那雙受驚下的眼睛瞪得更大了。華生望向夫人，發現她臉上的血色也瞬間褪去，眼神中的**憤怒**已變成**驚詫**，仿似看到了**難以置信**的情景。

時間像凝結了似的停住了。

不一刻，一陣粗豪的咳嗽聲打破了**戲劇性的沉默**。

「我是蘇格蘭場的警探！」李大猩以響亮的嗓子報上名字，「現在要拘捕你，罪名是**私闖民居**、**盜竊**及**意圖謀殺**，證人就是——」

「**哇哈哈哈！**」突然，蔡特夫人歇斯底里地仰天大笑。

福爾摩斯等人大吃一驚，紛紛望向她。

「*且慢！且慢！*」夫人顫抖着聲音叫道，「搞錯了、搞錯了，這是個可笑的誤會。這位先生不是我們要找的犯人，他是我的好朋友**羅蘭德上尉**。」

「**甚麼？別開玩笑！**」李大猩叫道，

「鑰匙證明我們沒找錯地方呀，肯定是他！」

「**對**！如果他是你的朋友，就更要抓呀！」

狐格森也幫腔搶道。

「你們不用多言。」夫人深深地吸了一口

氣，然後板着臉孔說，「**我是 證人 ，我說**

不是他 就 不是他！」

李大猩氣得直跺腳：「**豈有此理！**你以為是來玩耍嗎？此案**證據確鑿**，怎可以說不是就不是！」

「對！作假證是犯法的！」狐格森嚷道。

「**不！我沒作假證！**我比誰都清楚，他不是犯人！難道要我把無辜的朋友告上法庭嗎？」夫人激動地反問。

李大猩被氣得一時說不出話來，但隨即轉向福爾摩斯，大聲問道：「這個**詭計**是你發現的，所有**證據**皆指向那傢伙！蔡特夫人突然反口，你怎樣看？」

「我嗎……？」福爾摩斯想了想，看了看夫人，又看了看貝利。

華生從他的表情中看到，福爾摩斯已**陷入兩難**之中。

「福爾摩斯先生，你的意見最中肯，你不妨說出你那**最客觀**的看法啊。」夫人以**銳利無比**的目光盯着我們的大偵探。

華生聽得出，夫人在說「**最客觀**」時，特

別加重了語氣。

福爾摩斯沉思片刻後，對李大猩聳聳肩，說：「夫人是**受害人**，也是**關鍵證人**，她說這位先生是無辜的話，除了認同之外，也別無他法啊。」

「**豈有此理！**你！簡直就是浪費老子的時間，走！」李大猩扔下這一句

說話，就**怒氣沖沖**地走了。狐格森見狀，也只好匆匆跟着離開。

一陣**狂風掃落葉**似的時刻過去了，那男人頹然坐下，更雙手**掩面痛哭**起來。

福爾摩斯見狀，悄悄地向華生遞了個**眼色**，示意趕快離開這個令人尷尬的場景。然

而，當他們步向門口之際，蔡特夫人卻突然輕輕地說了句：「你們可以留下來嗎？」

兩人回過頭看去，只見夫人走到那男人身旁。她輕輕俯下身來把手放到他的臉龐上，以

温柔卻又略帶責備的口吻問：「為甚麼？你為甚麼要做出那種事？」

男人緩緩地抬起頭來，他含着淚水望着夫人，以無助的語氣**期期艾艾**地答道：「我……也不知道，可能……是一時衝動吧。我**一貧如洗**，當看到你戴着的那枚寶石吊墜時，就像着了魔似的……要把它**據為己有**……我當時……一定是瘋了。」

「那麼，你為何沒有取走它？」

「我⋯⋯不知道，當看到你失去知覺後，我立即清醒過來了。」男人低下頭來，低聲地飲泣，「天啊！我**鑄成大錯**。你⋯⋯你為何不把我交給警察？」

這時，夫人那雙明亮的眼睛也眶滿了淚水。她再問：「告訴我，你為何不取走**寶石**？要取的話，不是**輕而易舉**嗎？」

「**寶石又有何意義？**」男人突然激動地說，「一點意義也沒有啊！我以為你已死了！我**以為害死了你**啊！」

「可是，我沒有死，你看！」夫人情深款款地微笑，「來，請把地址寫下來，我會給你寫信。我希望略盡綿力，給你出點主意。」

男人坐直身子，在口袋中掏出一個名片夾。他從中取出幾張名片後，像玩撲克牌似的，手法利落地在桌上鋪開。福爾摩斯向華生遞了個眼色，仿似在說，被命運玩弄的賭徒，餘下的技能就僅此而已。

「其實，我的真名叫奧古斯特斯·貝利。」男人說着，在其中一張名片上，寫下了自己的地址。

「謝謝。」夫人取過名片看了看，然後依依不捨地說，「貝利先生，我要走了，再見。我明天寫信給你。希望你聽聽我的，請不要執迷不悟啊。」

多愁善感的傻瓜

華生走去開門。夫人走了兩步，又回過頭來再看了貝利一眼，然後才拖着沉重的步伐踏出了門口。華生也轉身想走時，瞥見貝利仍然**垂頭喪氣**地坐在那裏，但不知何時，桌上的角落卻多了**一摞金幣**。

噔噔噔噔⋯⋯

噔噔噔噔⋯⋯噔噔噔噔⋯⋯

夫人走下樓梯的聲音，聽在華生耳中，不知怎的，充滿了**悲哀**和**憐憫**。

「福爾摩斯先生，謝謝你站在我這邊，給出

了**最客觀**的判斷。」蔡特夫人踏上馬車時，
感激地說。

「我一向**顧客至上**，當然站在你那邊。」福爾摩斯打趣道，「而且，我不知道你和那位貝利先生的關係，我只能相信你的**主觀判斷**。」

「我的主觀判斷嗎？是的……我只能那樣做。」夫人有點羞澀地問，「你……你一定認為我是個**多愁善感**的傻瓜吧？」

「怎會呢？」福爾摩斯溫柔地應道，「**上天有好生之德**，**惻隱之心人皆有之**，何況是對朋友呢。」

「謝謝你。李大猩先生說你是倫敦最屬害的私家偵探；現在，我終於明白**他的**意思了。」夫人略帶寬懷地說，「你的酬金，我過兩天派人送到府上。」

華生為她關上車門後，馬車緩緩地往**荒涼**

的街頭駛去。這時，不知從哪兒奔出一羣小孩，他們嬉嬉鬧鬧地互相追逐，為寂寞的小區增添了幾分熱鬧和生氣……

各位讀者，蔡特夫人最後對福爾摩斯說：「李大猩先生說你是倫敦最厲害的私家偵探，現在，我終於明白**他的**意思了。」

所謂「**他的**意思」，究竟是甚麼意思呢？你又知道嗎？

【麻醉】

　　本集故事中，蔡特夫人被貝利以哥羅芳麻醉而昏倒，那麼麻醉又是甚麼呢？一般來說，麻醉主要用於手術上，是為了讓人（或動物）在特定時間內感受不到痛楚，以便手術順利進行。有時在捕捉猛獸（如野豬和老虎等）時，為了令牠們失去反抗能力，也會用麻醉的方法。

　　麻醉大約分為兩種，一種是局部麻醉，另一種是全身麻醉。顧名思義，局部麻醉就是將人體局部麻醉，令被麻醉者在頭腦清醒的狀態下亦不感痛楚。如拔牙或割傷縫針等小手術，就會用局部麻醉。

　　假設福爾摩斯的手被割傷要縫針，華生就要在其手部注射麻醉劑，阻止末梢神經把手的反應傳往脊髓，令腦部無法接收來自手的信息。這麼一來，腦部就無法讓福爾摩斯感到因縫針而產生的痛楚了。

注射麻醉劑　　　　　　末梢神經　　脊髓　　腦部

由於手部傳來的信息在末梢神經和脊髓之間中斷了，腦部無法接收來自手的信息，那就無法產生痛楚的感覺了。

　　反之，雖然同樣是令人感受不到痛楚，但全身麻醉卻會讓人完全失去知覺。假設福爾摩斯要做割盲腸或截肢等大手術，華生必須為他注射麻醉劑（或讓他吸入麻醉劑），直接把他的脊髓或腦部麻醉，令他全身也不會感到痛楚。

神經元

信息中斷

神經元

腦部中有無數的神經元（neuron），神經元與神經元之間會互相傳遞信息，令人產生感覺。當人被全身麻醉後，神經元與神經元之間的連接中斷，無法互通信息。就是這樣，人就失去知覺，感受不到痛楚了。不過，科學家仍未完全了解麻醉的功效如何產生，要解開這個謎團仍須努力。

化學小知識

【哥羅芳】

哥羅芳的正式名稱叫三氯甲烷（chloroform），又稱氯仿，分子式為$CHCl_3$，在常溫下無色。在19世紀中期，是外科手術常用的麻醉劑，如英國維多利亞女皇生孩子時，就是用它來麻醉的。執行麻醉的是約翰‧斯諾醫生，本系列第46集《幽靈的地圖》亦曾提及他。

你被捕了！

外面太冷了，只是進來暖和一下。

豈有此理！

拿去吧。

只是塊薄毛氈？

怎麼了？

難道要絲棉被？

不、不、不！

每次都要我當小偷，太不公平呀！

只是想有張床罷了。

你是扒手出身，人盡其才嘛。

大偵探福爾摩斯
鼠竊狗盜謀殺案 ㉝

原著／奧斯汀・弗里曼
（本書根據奧斯汀・弗里曼的《A Wastrel's Romance》改編而成。）

改編＆監製／厲河　　繪畫／鄭江輝

着色／陳沃龍、麥國龍、徐國聲　　封面設計／陳沃龍　　內文設計／麥國龍、葉承志
編輯／盧冠麟、郭天寶

出版
匯識教育有限公司
香港柴灣祥利街9號祥利工業大廈2樓A室

承印
天虹印刷有限公司
香港九龍新蒲崗大有街26-28號3-4樓

發行
同德書報有限公司
九龍官塘大業街34號楊耀松（第五）工業大廈地下
電話：(852)3551 3388　　傳真：(852)3551 3300

第一次印刷發行
Text：©Lui Hok Cheung
© 2022 Rightman Publishing Ltd. All rights reserved.
未經本公司授權，不得作任何形式的公開借閱。

2022年7月
翻印必究

想看《大偵探福爾摩斯》的
最新消息或發表你的意見，
請登入以下facebook專頁網址。
www.facebook.com/great.holmes

購買圖書

ISBN:978-988-75650-7-9
港幣定價 HK$60
台幣定價 NT$300

若發現本書缺頁或破損，
請致電25158787與本社聯絡。

網上選購方便快捷　　購滿$100郵費全免
詳情請登網址 www.rightman.net

《大偵探福爾摩斯》第1-58集好評熱賣中!!

福爾摩斯科學小實驗
破案神器顯微鏡！

這次破案全靠顯微鏡分辨出不同的灰塵呢。

是啊！不如用它來分辨一下廚房常見的東西吧。

顯微鏡一個
少許水
觀察用膠片
少許鹽、砂糖和粟粉

請先準備以上物品。

把粟粉放在小碟子上，以水溶解。

鹽
砂糖
粟粉溶液

把鹽、砂糖和粟粉溶液放在觀察用膠片上。

把觀察用膠片放到顯微鏡下觀察。

這是鹽。

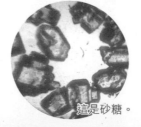
這是砂糖。

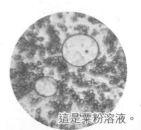
這是粟粉溶液。